CW01064766

EL BARCO DE VAPOR

Los papeles del dragón típico

Ignacio Padilla

Primera edición: octubre 2001
Cuarta edición: diciembre 2005

Dirección editorial: Elsa Aguiar

Ilustraciones: Avi

© Ignacio Padilla, 1993
© Ediciones SM, 2001
  Impresores, 15
  Urbanización Prado del Espino
  28660 Boadilla del Monte (Madrid)
  www.grupo-sm.com

CENTRO INTEGRAL DE ATENCIÓN AL CLIENTE
Tel.: 902 12 13 23
Fax: 902 24 12 22
e-mail: clientes@grupo-sm.com

ISBN: 84-348-8214-0
Depósito legal: M-45280-2005
Impreso en España / *Printed in Spain*
Gohegraf Industrias Gráficas, SL - Casarrubuelos (Madrid)

1 Una historia triste

LA historia que esta vez quiero contarte será una historia triste, tal vez un poco más triste de lo que parece. No te preocupes, te prometo que tendrá una que otra parte divertida. Además, estoy seguro de que hallaremos muchas otras tardes y muchas otras noches para contar y contarnos historias felices.

Pero te digo que el día de hoy el cuento será diferente. Ya va siendo

hora de que conozcas el extraño caso del dragón típico. Un caso que a mí me parece bastante trágico, por cierto. Francamente, yo no sabría decir si fue verdad o no. Lo leí una mañana en el periódico, hace ya algunos meses. Y voy a contártelo tal y como lo leí.

2 Hablemos un poco sobre dragones

ANTES de comenzar con nuestra historia, es necesario que hablemos un poco sobre dragones. El principal personaje de nuestro cuento no es un dragón común y corriente. Claro que, si lo miras bien, no encontrarás en su aspecto nada extraordinario. Digamos que se trata de un dragón físicamente normal, tal vez un poco pasado de peso, pero normal después de todo. ¿Qué te parece si mejor lo llamamos un dragón típico? Con ese nombre, nos ahorraremos la molestia de decir que escupe fuego y que tiene alas, escamas de varios colores y garras lo bastante afiladas como para descontar a más de dos caballeros andantes que tengan la mala fortuna de toparse con él. Es decir, nuestro personaje es un dragón con todas las características que le conocemos bien.

Te preguntarás, entonces, qué es lo que hace tan importante a nuestro dragón típico. Seguramente sería mejor hablar de bichos un poco más novedosos, más originales. ¿Qué puede tener de interesante un cuento sobre un dragón típico? Pues bien, ahí mismo tienes la respuesta: nuestro monstruo es importante porque es el dragón de los cuentos, aunque ya casi nadie les haga caso.

Cualquiera sabe que existen muchísimos tipos de dragones. Tenemos, por ejemplo, a los dragones de papel que bailan y bailan en las fiestas de los chinos. Están también los dragones africanos, que se parecen mucho a los cocodrilos y se comen de postre a los cazadores. O a los dragones de las películas, que son primos cercanos de nuestro personaje, el dragón típico.

Sin embargo, de todos estos, el nuestro es el dragón más antiguo. Es el único que tiene permiso para participar en los cuentos de hadas. O más bien, es mejor que digamos *tenía*

permiso, pues esa es justamente su tragedia.

Mas no nos adelantemos. Si deseamos conocer la historia de un dragón típico, debemos ir por partes. Tenemos que comenzar un cuento como debe ser, con un comienzo típico. Comencemos, pues.

3 Los días felices del dragón típico

ÉRASE que se era un dragón típico que habitaba en el país de los cuentos, que ahora se llama la República Imaginaria. Este dragón se pasaba la vida de cuento en cuento, pues había mucho trabajo para él. Y como era un dragón bastante responsable, casi nunca tenía tiempo para descansar. Cada mañana, las autoridades de la República Imaginaria lo llamaban por teléfono a su cueva y él tenía que salir corriendo, o mejor dicho, volando, a cumplir con su papel de villano. En ocasiones recibía varias llamadas en un mismo día, y de cualquier forma se las arreglaba para llegar a tiempo a los cuentos donde era solicitado. Nunca faltaban en la República Imaginaria princesas por secuestrar o caballeros andantes contra los cuales pelear.

A pesar de tanto trabajo, era esa la época más dichosa del dragón típico; los demás habitantes de la República Imaginaria lo respetaban, lo temían y lo admiraban. Incluso los ángeles y las hadas le abrían paso cuando lo veían surcar el cielo, siempre con prisa y lanzando fuego por la nariz.

Claro que el dragón típico tenía muchos enemigos. Eso era de esperarse y no le causaba demasiadas molestias. A las princesas, por ejemplo, les chocaba que el dragón las secuestrara porque les ensuciaba sus vestidos favoritos y tenían que llevarlos a cada rato a la tintorería. Por otro lado, los caballeros andantes tenían que usar armaduras muy ligeras para que pudieran quitárselas rápido, antes de que el dragón los achicharrara ahí dentro.

En varias ocasiones, esas mismas princesas y esos mismos caballeros andantes habían ido a quejarse a las oficinas centrales de la República Imaginaria, pidiendo a las autoridades que le dijeran al dragón que fuera más cuidadoso. Los encargados anotaban las quejas en un libro enorme y les decían a los quejosos que no se preocuparan, de modo que las princesas y los caballeros volvían a sus castillos, y todos contentos.

Los mejores aliados del dragón típico eran sin duda las brujas y las hechiceras, también algunos piratas. Como el monstruo generalmente estaba de su lado en los cuentos, protegiéndolas de los magos y los príncipes, las brujas lo estimaban mucho. Cada vez que organizaban una fiesta, el dragón típico tenía un puesto de

invitado especial. Hasta le habían otorgado un diploma donde lo nombraban Amigo Honorario y Protector Universal de las Brujas. Además, cada domingo convidaban al dragón típico a tomar té con galletitas. Le consentían mucho, no cabe duda.

A pesar de su extraordinaria popularidad en la República Imaginaria, nuestro personaje no era muy sociable que digamos. El trabajo de la semana lo dejaba tan cansado, que prefería quedarse en su cueva y disfrutar de unas cortísimas vacaciones. Allí, en su cueva, se ponía a leer. Eso era lo que más le gustaba. Leía todo lo que llegaba a sus garras: poemas de amor, novelas de aventuras, larguísimos tratados de matemáticas y biología, historias comparadas de los duendes y estudios muy complejos sobre las costumbres secretas de las hadas.

Lo que más le gustaba, sin embargo, era leer el periódico de la República Imaginaria, pues allí todas las noticias eran cuentos en los que él participaba con frecuencia. Los encabezados de la primera sección y de la sección de sociedad hablaban constantemente de él: *Declara el dragón que no liberará a la princesa Alegría,* por ejemplo. Uno de sus encabezamientos favoritos decía: *El Caballero de los Cuchillos fue achicharrado en su armadura.*

O bien: *Los piratas del Mar Embotellado solicitan la protección del dragón.*

En fin, esa y muchas otras cosas
hacían que los tiempos del dragón
típico fueran tan felices. Y ya estaba a punto de cumplir mil años
de felicidad, de trabajar y leer poemas de amor, cuando empezó su
mala suerte.

4 De cómo empezaron las desventuras

CURIOSAMENTE, las desgracias de nuestro dragón típico comenzaron justo en su cumpleaños número mil. Ese día, por la mañana, el dragón típico se levantó más tarde que de costumbre. Como caso excepcional en la República Imaginaria, las autoridades le habían dado vacaciones para que se festejara como quisiera.

Unas semanas antes las brujas, los piratas y las hechiceras le habían prometido organizar una gran fiesta en su honor. Pero él había preferido quedarse tranquilamente en su cueva, leer un par de buenas novelas de aventuras, ordenar su gran biblioteca y dormirse temprano.

Por esas fechas se sentía particularmente fatigado. De ninguna manera era un dragón viejo; al contrario, se encontraba en la flor de la edad y en excelente condición física. Pero últimamente se le había juntado el trabajo de los cuentos. Incluso la noche anterior a su cumpleaños había tenido que luchar largamente con todo un escuadrón de caballeros andantes que decidieron juntarse para eliminarlo de una vez por todas. La batalla

había durado horas y horas, hasta la madrugada. Por fortuna, los enemigos se habían ido retirando uno por uno al descubrir que ni siquiera un ejército podría acabar con tan poderoso monstruo de narices lanzafuegos.

Esta victoria gloriosa era la mejor forma que podía tener el dragón para festejar un cumpleaños tan importante. Después de todo, no cualquiera cumple mil años. El dragón era un monstruo sencillo y no necesitaba otro tipo de festejos. Ese le bastaba y le sobraba para sentirse en plena forma.

El dragón típico recogió el periódico y buscó el encabezamiento que hablara de la batalla del día anterior.

Mas no lo encontró por ninguna parte. Recorrió la primera plana y la página de sociedad, hasta los deportes, y en ninguna figuraba la noticia de su victoria sobre un ejército de caballeros andantes. Definitivamente, algo extraño debía estar ocurriendo. Un acontecimiento como aquel era la noticia del mes. ¿Cómo era posible, entonces, que nadie hubiera hablado de ello?

Tiró el periódico a la basura. Era la primera ocasión en que no aparecía ninguna noticia sobre él. ¡Se habían olvidado de él exactamente el día de su cumpleaños! No era normal ese olvido, alguien le estaba jugando una broma muy pesada.

El resto de ese día, el dragón típico estuvo muy inquieto. Intentó leer sus dos novelas de aventuras y ni siquiera pasó de los primeros capítulos. Se sentía muy molesto de que no hubieran mencionado la batalla ni su cumpleaños.

A eso de las seis ya no quiso estar en su cueva y llamó por teléfono al Club de Brujas para decirles que sí asistiría a la fiesta que ellas habían organizado en su honor. Tardaron varios minutos en contestar el teléfono. Una voz desconocida, muy fría, se dejó oír al otro lado de la línea.

—¿Síiii? –preguntó aquella voz

—Hola, soy el dragón.

—¿Quién?

—El dragón –respondió él, un poco asombrado–. ¿No me recuerda? Hay una fiesta en mi honor.

—Lo siento mucho –terminó diciendo la voz–. Aquí no conocemos a ningún dragón. Haga el favor de no molestarnos.

Y colgó.

El dragón típico se quedó petrificado, con el teléfono en las garras. ¿Se había equivocado de número? Eso no importaba. Aunque hubiera ocurrido así, cualquier habitante de la República Imaginaria habría reconocido su voz, cualquiera habría sido un poco más amable que aquella voz tan fría, tan desagradable.

—Esto ha de ser un mal sueño –se

dijo el dragón típico para tranquilizarse. Simplemente tenía que irse a dormir de nuevo y mañana despertaría como si nada hubiera pasado. Ya tendría oportunidad de celebrar un mejor cumpleaños dentro de otros mil años.

La decisión de nuestro personaje no sirvió para gran cosa: No había alcanzado a dormirse cuando oyó que afuera de la cueva lo llamaban. Rápidamente se cambió el pijama por una chaqueta amarilla y salió a recibir al visitante inoportuno. Afuera lo esperaban dos sapos gordos idénticos, vestidos de traje y corbata. Ambos cargaban portafolios negros y hablaban al mismo tiempo.

—Buenas noches –dijeron.

—Buenas noches. ¿Qué horas son estas de venir a molestar?

—Venimos a hacer una revisión. Nos informaron de que el día de hoy no se presentó usted a trabajar.

«De modo que son unos sapos revisores», pensó el dragón típico. Al parecer, no les habían informado que ese día era su cumpleaños, y que tenía vacaciones. Iba a explicárselo a los dos sapos gordos cuando estos lo interrumpieron.

—Sus papeles –dijo uno.

—Sí –dijo el otro–. Sus papeles.

El dragón típico sabía que era inútil discutir con los sapos revisores. Eso de pedir papeles era cosa de todos los años: uno les mostraba sus identificaciones, ellos apuntaban un par de cosas en sus folios, se iban y hasta el próximo año. No dejaba de ser raro que hubieran aparecido allí justo ese día, pero el dragón típico estaba demasiado molesto con los sucesos como para discutir. De modo que los hizo pasar a su cueva y les pidió que esperaran mientras les llevaba sus papeles.

Entonces sí que empezó a preocuparse. El dragón típico buscó en su ropa y no encontró sus documentos. Buscó también en sus cajones, en su escritorio y hasta en sus libros. Los documentos no estaban allí. Los sapos revisores empezaron a croar en la sala, impacientes.

Después de un rato, el dragón típico regresó a la sala. Los sapos revisores lo observaron con mucho cuidado.

—Sus papeles –repitieron.

—No los tengo –dijo el dragón típico, bajando la cabeza.

—¿Cómo? –croaron los sapos.

—No tengo los papeles... No los encuentro.

Los sapos revisores abrieron sus portafolios y sacaron muchos papeles. Escribieron algunas notas en ellos y le tomaron fotografías al dragón típico. Luego se pusieron de pie y salieron de la cueva.

—Esto es grave –comentaron al salir–. Esto es muy grave.

El dragón típico no pudo controlarse y dejó salir una gran columna de fuego por su nariz. Los sapos revisores desaparecieron saltando por el bosque. «Claro que es grave», pensó el dragón típico. Vaya que lo sabía. Ahora empezaba a sospechar por qué los periódicos no habían hablado de él esa mañana.

5 Las leyes de la República Imaginaria

Bueno, parece ser que los sapos revisores y el dragón típico saben cuán grave es haber perdido los documentos. Pero nosotros no lo sabemos. Creo que ha llegado el momento de abrir un pequeño paréntesis en nuestra historia típica para echarle un rapidísimo ojo a las extrañas leyes de la República Imaginaria. Dejemos, pues, al dragón en su cueva, preocupado y molesto con su cumpleaños número mil, y busquemos algunas aclaraciones.

La gente común se sorprende mucho cuando se entera de que en la República Imaginaria hay leyes. Sin embargo, si lo pensamos bien, es lógico que en esta nación, como en cualquier otra, exista un reglamento. Si no ocurriera así, los cuentos serían un absoluto desastre. ¿Te imaginas? Si no hubiera leyes, las princesas serían feas y los piratas serían honrados; los dragones serían aliados de los príncipes y enemigos de las brujas. Estoy seguro de que en una situación así, la República Imaginaria no tardaría en desaparecer.

Las leyes de la República Imaginaria son bastante antiguas y muy estrictas. Nadie sabe a ciencia cierta quién las escribió, pero todos las cumplen al pie de la letra, con gran atención. Por ejemplo, hay leyes para poder ser personaje de uno o varios cuentos. Los caballeros andantes deben estudiar varios años y pasar muchos exámenes de inteligencia, esgrima y equitación. Solo cuando han aprobado esas pruebas se les entrega un diploma y adquieren también el derecho para luchar contra los dragones y para rescatar princesas.

También las princesas y las brujas deben cumplir un conjunto de requisitos. Para empezar, las princesas han de ser bellas y un poco tontas; las brujas, por su parte, deben ser feas, malas y de preferencia deben tener un cuervo amaestrado que las siga a todas partes. Además, claro, deben saber volar en una escoba.

Incluso los piratas, que son los más rebeldes, cumplen con sus exámenes, y solo reciben sus papeles cuando han demostrado ser absolutamente deshonestos y les falta un ojo, una pierna, un brazo o por lo menos un dedo.

Por supuesto que en la República Imaginaria hay leyes un poco más flexibles. Una bruja, por decir algo, puede convertir a un príncipe en rana o en conejo, según le plazca. Pero le está terminantemente prohibido convertir a un príncipe en princesa, o en bruja, o en dragón, pues eso causaría un gran descontrol, y las princesas, las brujas y el dragón originales se quedarían muy pronto sin trabajo. Además, las brujas deben hacer hechizos que tengan algún tipo de solución. De no ser así, sería terrible que los príncipes quedaran para siempre convertidos en ranas y las princesas dormidas eternamente en un rincón del palacio.

De todas estas leyes, la más estricta es aquella que se refiere a los documentos. Además del diploma del que hablamos antes, los personajes y los bichos de la República Imaginaria deben presentar una identificación con

firma y fotografía. Solo así se les permite participar en los cuentos. Hace miles de años, hubo en la República Imaginaria una epidemia de impostores: los brujos se hacían pasar por adorables viejitas y los piratas se metían en todos los cuentos disfrazados de respetables almirantes de la marina española. A partir de entonces, y para evitar que desórdenes semejantes se repitieran, los personajes de los cuentos cargan con sus credenciales.

Ahora ya podemos entender un poco por qué es tan grave la situación de nuestro dragón típico. Volvamos a nuestra historia.

6 Fiestas y lágrimas en la República Imaginaria

COMO era de esperarse, la noticia de que el dragón había perdido sus credenciales se extendió rápidamente en el país de los cuentos. Los periódicos no publicaron noticia alguna, pues el dragón se había convertido, de la noche a la mañana, en algo así como un fantasma de dragón.

Pero el silencio de los periódicos no impidió que todos se enteraran del hecho. Hubo varios tipos de reacciones: los caballeros andantes que habían sido derrotados hacía apenas un par de días se juntaron con los príncipes y las princesas y organizaron una gran fiesta para celebrar el ansiado fin del monstruo. Las brujas y los piratas que quedaron encerrados en sus castillos y en sus barcos lloraron hasta que se hizo de noche, pues ya no tenían quien los protegiera.

Nuestro dragón típico supo de estas fiestas y de estas tristezas, pero estaba tan preocupado que ni siquiera se atrevió a salir de su cueva. Pasó horas y más horas registrando una y otra vez sus cajones, su ropa, sus libros, con la esperanza de que los do-

cumentos anduvieran por allí. Cuando estuvo seguro de que los papeles habían desaparecido de su cueva, solo pudo llegar a una conclusión: se los habían robado.

Entonces se puso a pensar en quién podría haberle hecho esa jugarreta. Había demasiados sospechosos. En la República Imaginaria existían muchos personajes que con gusto lo desalojarían de escena: los caballeros achicharrados, las princesas de vestidos rotos, los magos celosos e incluso los ángeles con los que se tropezaba cuando iba volando entre las nubes. Cada uno de ellos podía ser culpable del robo de sus documentos. Es más: era probable que todos fueran culpables, que se hubieran reunido en una conspiración antidragonista. Y así, mientras el ejército de caballeros andantes lo distraía, un ángel o un mago podía haberle robado su cartera. O quién sabe, tal vez una de las princesas que él había raptado le había quitado sus papeles mientras dormía.

El dragón típico se dio cuenta muy pronto de que era inútil buscar a los culpables. Más bien, necesitaba ayuda para recuperar los documentos perdidos, aunque no iba a ser fácil: había llamado por teléfono a sus antiguos cómplices y estos se habían comportado de una manera muy extraña, como si le tuvieran miedo.

—Lo siento mucho –le dijo uno

de los piratas del Mar Embotellado, muy nervioso–. En verdad lo siento mucho...

Y también colgó el teléfono.

El dragón no podía creer que apenas unos días antes esas mismas brujas y esos mismos piratas lo hubieran invitado a una fiesta en su honor.

Ahora lo trataban como si hubiera muerto. O peor aún, como si nunca hubiera existido. Y no era para menos, pues eso de no tener los documentos en la República Imaginaria equivale poco menos que a morirse.

Ya en otras ocasiones, algunos personajes habían tenido un problema parecido. El Rey Alfalfa, por ejemplo, había dejado caer sus papeles al lago, durante una fiesta. Pero aquel rey tenía el apoyo de los demás reyes, y no le había costado gran trabajo recuperar sus credenciales. Lo mismo ocurría con los demás personajes: los duendes, los lobos y hasta las ranas estaban agrupadas en sindicatos. Se ayudaban en esos y en otros casos no tan graves.

Sin embargo, la situación de nuestro monstruo despapelado era distinta. Nuestro amigo era el único dragón en la República Imaginaria y, por lo tanto, era también el único miembro de su sindicato. Además, tenía muchos enemigos y la gente le tenía demasiada envidia como para ayudarlo en sus épocas de desgracia.

Eso mismo le había pasado también a otros personajes igual de solitarios que el dragón. Pero cuando nuestro monstruo quiso pensar en ellos, pudo notar que los había olvidado. Era eso justamente lo que estaba a punto de ocurrirle a él.

7 Una visita a los archivos

ALGUNOS días después, el dragón típico salió muy temprano de su cueva. Todavía no se daba por vencido. Se le había ocurrido algo que quizá podía regresarlo a la vida común en la República Imaginaria.

Mil años son muchos, incluso para la memoria de un dragón. A este le costaba algún trabajo recordar cuáles eran las pruebas por las que había tenido que pasar para obtener su diploma y su identificación, pero en alguna parte debían estar los resultados de sus exámenes. Recordaba apenas algunas instrucciones de su padre, un dragón alemán que había soñado con que su hijo ganara el codiciado puesto de dragón en la República Imaginaria. Y en verdad se había esforzado por convertir a su hijo en un monstruo de categoría. Nuestro dragón aprendió muy deprisa los secretos de tan difícil oficio. No había cumplido doscientos años –era apenas un niño dragón– cuando ya sabía lanzar fuego más lejos que cualquiera, y volaba más alto que sus compañeros de escuela. Sus garras eran tan afiladas que ya no necesitaba usar el tenedor para ensartar la carne y las verduras.

Sin embargo, no recordaba sus exámenes. Ni siquiera estaba seguro de haberlos hecho. Ahora su última esperanza estaba puesta en los Archivos de la República Imaginaria. Allí debían estar los papeles que lo certificaban como dragón típico. Tenía que encontrarlos y solicitar con esas copias la renovación de sus documentos.

Pero las cosas no ocurrieron tan fácilmente como él esperaba. Para empezar, cuando llegó a los Archivos descubrió con espanto que el edificio estaba cerrado. Tenía telarañas en el techo y parecía que no habían pintado las paredes desde hacía muchísimo tiempo.

Inseguro, el dragón típico llamó a la puerta. Nadie contestó. Volvió a tocar, más fuerte esta vez. Esperó uno, dos, quince minutos. El tercer intento fue tan fuerte que derrumbó la puerta y, de paso, una porción bastante considerable de la pared.

Había tanto polvo en el interior, tantos papeles revoloteando en las oficinas del edificio, que el dragón empezó a pensar que nunca encontraría nada allí. Ya iba de salida cuando oyó ruidos que provenían de la parte más oscura de la construcción. Eran algo así como ronquidos, y los siguió hasta una habitación donde brillaba una luz muy débil.

La habitación era una oficina más sucia y con más papeles que las anteriores. En medio había un escritorio, y detrás del escritorio estaban dos sapos revisores. El dragón no supo si eran los mismos sapos que habían ido a su cueva el día de su cumpleaños, pues todos los sapos revisores eran idénticos: andaban en parejas, con sus trajes negros y sus portafolios negros. Y siempre croaban al mismo tiempo. Esta vez no fue la excepción. Después de mirarlo un rato, preguntaron:

—¿Quién es usted?

El dragón, que ya empezaba a perder la paciencia, les respondió:

—Soy el dragón, y ustedes lo saben perfectamente. ¿Acaso tengo cara de Caperucita Roja?

Los sapos revisores lo miraron con más cuidado. Luego se miraron el uno al otro y se dirigieron finalmente al monstruo:

—No, usted tiene cara de dragón. Pero el dragón ya no existe.

Una nubecilla de mal humor empezó a salir de las narices del dragón típico. «Control», se dijo, «debo mantener el control».

—Precisamente –le explicó a los sapos tratando de suavizar la voz–. Quiero existir otra vez. Por eso vine a los archivos a ver si...

—¿Usted quiere revisar los archivos?

—Sí.

Uno de los sapos abrió su portafolios y le señaló una hoja en blanco.

—Firme aquí.

El dragón, pensando que al fin iba a recuperar sus papeles, llenó de tinta una de sus larguísimas uñas y firmó. El sapo dobló el papel, lo selló y lo puso en uno de los montones que había en el escritorio.

El dragón dio la media vuelta y se dispuso a empezar la revisión. De pronto, los sapos revisores lo interrumpieron.

—Un momento, por favor –croó uno.

—Sí –repitió el otro–. Un momento, por favor.

—¡Y ahora qué ocurre! –gritó el dragón, muy enfadado.

Los sapos sonrieron. Uno de ellos extendió su palma verde y gelatinosa.

—Sus documentos –dijo–. Necesitamos sus documentos para autorizarle la revisión de los archivos.

El dragón dio un fuerte golpe en el escritorio. Se había dado por vencido, ya no daría explicaciones a nadie. Lanzó una enorme llamarada sobre un montón de papeles y el Edificio de Archivos de la República Imaginaria comenzó a incendiarse.

8 *El juicio del dragón*

EL dragón típico estaba en el banquillo de los acusados. Los miembros de la Suprema Corte de la República Imaginaria le dirigían miradas de pocos amigos. El juez era un unicornio anciano, con un cuerno largo y torcido que se asomaba por encima de su peluca. En realidad, era más parecido a una vaca, aunque nadie se lo decía. Un juez es un juez, después de todo, incluso en la República Imaginaria.

El dragón no se veía muy bien. El maravilloso color rojo de sus escamas se había transformado ahora en un color de zanahoria cocida. Sus ojos estaban casi todo el tiempo cerrados y era posible notar, por sus ojeras, que no había dormido desde el incendio del Edificio de Archivos.

Había muchos otros personajes en la sala. La mitad eran periodistas que no dejaban de tomarle fotografías al acusado. La otra mitad era una multitud de magos, reyes, brujas tristes y sapos indignados que no dejaban de murmurar.

El juez golpeó el escritorio con su gran pezuña gris.

—¡Orden! –relinchó–. ¡Orden en la sala!

El rumor fue bajando de volumen poco a poco. El fiscal, una rata que quería darse aires de conejo, se puso de pie y señaló al dragón. Comenzó su discurso:

—Los honorables ciudadanos de la honorable República Imaginaria acusamos a este individuo de haber incendiado el Edificio de Archivos y de haber causado también la desaparición de dos sapos revisores, aún más honorables.

El dragón, que hasta entonces se

había mantenido callado, levantó un poco la cabeza y susurró:

—Los sapos revisores no desaparecieron. Me los comí.

Voces de indignación inundaron la sala. El dragón se dio cuenta de que había allí muchos otros sapos revisores, vestidos de traje negro. Al verlos, el monstruo volvió a sentir deseos de comérselos. No quería que ninguno de aquellos seres abominables volviera a pedirle sus documentos. «Sí», pensó, «soy un criminal. Los sapos me han convertido en un criminal».

La rata tuvo que gritar para que volvieran a escucharla.

—Ya lo oyeron, señores. El acusado se declara culpable de haberse

comido a los sapos revisores. Creo que no hace falta ninguna otra prueba.

«Los ciudadanos de la República Imaginaria exigimos para el culpable un castigo ejemplar.»

Se escucharon varios aplausos. En efecto, el acusado se había declarado culpable. El juez puso cara de aburrimiento y sentenció:

—Esta corte reconoce que ya no hacen falta más pruebas para la culpabilidad de este individuo, señor fiscal. Por eso lo condenamos a la inexistencia.

El abogado defensor, una marioneta vestida de payaso, se situó de un salto frente al juez y exclamó:

—¡Objeción, Señoría! Es mi deber

recordarle que mi cliente ha perdido sus documentos. Usted no puede condenarlo a la inexistencia porque, de hecho, mi cliente ya no existe.

El dragón levantó las cejas. Su abogado defensor no era tan torpe como él había creído en un principio. De cualquier manera, ese último recurso no iba a ayudarle mucho. Aunque él ya no existía, seguía siendo un peligro para los sapos. Solo quedaba una solución. El acusado y los mirones lo sabían muy bien. De modo que no se sorprendieron cuando el anciano unicornio dio su veredicto final:

—Debido a que el acusado es inexistente, pero sigue siendo una amenaza para la República Imaginaria, esta corte lo condena a marcharse al Bosque del Exilio.

El juicio del dragón típico había llegado a su fin.

9 *El Bosque del Exilio*

EL Bosque del Exilio es un lugar extraño y terrible. Allí nunca amanece ni se pone el sol, es como si siempre estuviera en una de esas horas de la tarde en las que no se sabe si es de noche o de día. El clima es húmedo, aunque nunca llueve. Y los árboles son tan altos que hasta a los pájaros les da vértigo hacer sus nidos en ellos.

Lo más triste del Bosque del Exilio es que allí nunca ocurre absolutamente nada. Allí no hay primavera ni invierno, no hay vacaciones ni trabajo. Es un lugar sin tiempo donde ningún cuento puede tener lugar. Digamos que es un no-lugar en el cual habitan los no-personajes de la República Imaginaria.

El dragón, que ya no era tan típico, llegó al Bosque del Exilio poco después del juicio. No se despidió de nadie ni nadie fue a despedirlo. Simplemente guardó sus libros favoritos en un par de baúles de cuero y abandonó su querida cueva.

Una vez en el bosque, construyó una cabaña al pie de un árbol regordete y enorme. Se encerró a leer sus novelas de aventuras y sus poemas de amor. A veces también escribía, pero sus versos eran tan tristes que mejor los echaba a la chimenea y veía cómo se iban quemando poco a poco.

Cuando se cansaba de quemar poemas, el dragón salía a caminar por el bosque –había decidido no volar más– y de vez en vez se topaba con otros exiliados. Hablaba muy poco con ellos, y entonces se daba cuenta de cuán deprisa se envejecía en aquel sitio: las voces de los otros exiliados se iban borrando, se hacían imposibles de entender. El dragón no podía saber quiénes habían sido aquellos personajes antes de ser exiliados. Porque allí, en ese bosque terrible, los seres no se arrugaban y el pelo no se

les ponía blanco; sencillamente iban perdiendo el color y la forma hasta quedar convertidos en nubecillas grises que se disolvían en el aire.

Después de leer dos o tres veces sus novelas y de caminar otras tantas por el Bosque del Exilio, el dragón entendió que también a él le había llegado el momento de esperar su fin. De modo que se encerró en su cabaña a esperarlo.

10 *Graves cambios en la República Imaginaria*

Si el dragón al menos supiera lo que está ocurriendo en el mundo que dejó atrás, seguramente no se sentaría a esperar, tan tranquilo, el momento de perderse en el olvido:

Desde su partida, las cosas en la República Imaginaria han sufrido cambios radicales. Los príncipes y los caballeros andantes ya no tienen ninguna razón para hacer ejercicio. Ellos,

que antes fueron apuestos y atléticos, se han transformado en señores gordos que se pasan la vida jugando a las cartas y contando aventuras de cuando todavía luchaban contra un monstruo cuyo nombre ya no recuerdan.

También las princesas han cambiado. Como ya no hay quien las secuestre, ya no se preocupan por ser bellas para que alguien las rescate. Pasan la tarde mirando la televisión y buscando en las revistas de moda los chismes de la semana.

Uno de los casos más graves es el de los magos. Sus enemigas, las brujas y las hechiceras, se han ido a otros países a buscar protección. De modo que ahora los magos se limitan a vender remedios contra la tos en las esquinas de las grandes ciudades.

Los únicos que parecen contentos con este desbarajuste son, claro está, los sapos. Cada vez son más y han ido apoderándose de la República Imaginaria. Ahora son policías, jueces y políticos. Los habitantes de esa nación les tienen miedo y hasta los piratas se han vuelto honrados para que los sapos no les pidan sus documentos. Son tantos los papeles que deben cargar en sus barcos, que más de uno se ha hundido por ello.

11 Adiós, dragón

Un día, estando así las cosas, los habitantes de la República Imaginaria decidieron ir en busca del dragón, pedirle disculpas y rogarle que por favor volviese a participar en los cuentos. Pero llegaron muy tarde: al abrir la puerta de la cabaña del dragón, solo alcanzaron a ver una nubecilla gris que salía por la chimenea en busca del olvido.

Y aquí terminan las desventuras

del dragón típico. Te advertí que sería una historia triste e importante. El puesto del dragón en la República Imaginaria sigue vacío. Pero no creo que las cosas sigan así por mucho rato. Después de todo, los sapos no pueden durar para siempre.

Índice

Si te ha gustado este libro, también te gustarán:

¡Una de piratas! de J. L. Alonso de Santos

El Barco de Vapor (Serie Naranja), núm. 124

Una banda de piratas feísimos secuestra a la princesa Blancaflor. Pero la princesa se niega a pasar el resto de sus días encerrada en un castillo. Así que...

El vampiro vegetariano, de Carlo Frabetti

El Barco de Vapor (Serie Naranja), núm. 134

A casa de Lucía y Tomás va a vivir un nuevo vecino: el señor Lucarda. Alto, delgado, de unos cuarenta años, siempre viste de negro y nunca habla con nadie. Sus ojos oscuros y penetrantes parecen escrutar los pensamientos de la gente. Tomás lo tiene claro: es un asesino de niños.

Los mundos de Catalina, de Patrick Modiano

El Barco de Vapor (Serie Naranja), núm. 137

Catalina sueña con llegar a ser una gran bailarina como su madre, que vive en Nueva York. Pero ella tiene una ventaja añadida: sus gafas. Si las lleva puestas, ve el mundo real. Si se las quita, ve un mundo lleno de suavidad, vaporoso y sin asperezas. Un mundo en el que puede bailar como en un sueño...